Gilbert **Delahaye** ◆ Marcel **Marlier**

martine

et les chatons

casterman

• Découvre les personnages de cette histoire •

Martine

Joyeuse et curieuse, Martine adore s'amuser avec ses amis et son petit chien Patapouf. Ensemble, ils découvrent le monde et vivent de véritables aventures. Une chose est sûre : avec Martine, on ne s'ennuie jamais !

Jean

Patapouf

C'est le petit frère de Martine. Avec Jean, Martine se sent grande, et ça lui plaît beaucoup. En plus, tous deux s'entendent à merveille. Être grande sœur, c'est le bonheur !

Ce petit chien est un vrai clown ! Il fait parfois des bêtises… mais il est si mignon que Martine lui pardonne toujours !

Pour son anniversaire, Martine a reçu un journal, c'est-à-dire un beau cahier pour raconter ses journées.

« *Aujourd'hui*, écrit-elle, *samedi 20 mai,*

Jean et moi avons été pique-niquer au bord de la rivière.

Maman avait mis plein de bonnes choses dans un panier :

du poulet, des œufs, de belles tomates

et de bons fruits ! Mais, pendant qu'on avait le dos tourné... »

… Un chat s'est approché et a fureté parmi les provisions.

– Oh, non ! s'écrie Martine, fâchée. Il a tout renversé !

Sans réfléchir, elle saute de la barque, ce qui fait perdre l'équilibre à Jean et…

PLOUF ! Il tombe à l'eau.

Le chat s'enfuit à toutes pattes.

–Reviens ! crie Martine. Je ne voulais pas te faire peur…

Jean émerge de l'eau juste au moment où sa sœur s'exclame :

–Ça alors ! Ce n'est pas un chat… mais une chatte !

Et elle a un gros ventre…

–Elle attend des chatons ? demande
le garçon.
–Oui, répond sa sœur. Ça explique
qu'elle ait si faim…
Jean et Martine s'approchent
en tendant une friandise
à la chatte. Cette fois, au lieu
de s'enfuir, celle-ci se roule
dans l'herbe : c'est le signe qu'elle les a adoptés !
–Laissons-la se reposer, propose Jean.
En attendant, si on allait se baigner ?

Dans l'eau, les enfants s'amusent comme des fous !

Mais quand ils sortent…

– Tiens ! Où est passée Minouche ?

Ils fouillent les environs, et avancent jusqu'au cabanon au fond du jardin. La chatte est roulée en boule sur un fauteuil en bois.

Et tout contre elle…

– Des chatons ! s'écrie Martine. Minouche a eu ses petits !

–Il faut leur fabriquer un abri confortable ! décide la fillette.
Le frère et la sœur trouvent une vieille caisse dans le jardin.
–Il suffit de la réparer, estime Jean,
et elle fera parfaitement l'affaire.
Quelques minutes plus tard, Minouche
et ses bébés sont installés dans
leur maisonnette. Martine y a
même ajouté des herbes fraîches
et un coussin moelleux !

Dans son journal, Martine
continue de raconter :

« *Heureusement que nous avons fabriqué un abri pour Minouche et ses petits... parce que cette nuit, le vent souffle très fort!* »

« BAOUM ! »
Un grondement de tonnerre la fait sursauter.
– Quelle tempête ! constate la fillette en regardant dehors.
J'espère que les petits chats n'ont pas trop peur…

Le lendemain matin, à peine levée, Martine enfile son ciré
et court voir la maman chat et ses petits.
Elle s'accroupit devant la maisonnette : Minouche est en pleine forme,
tout comme ses chatons.
– Ouf ! soupire Martine.
Patapouf observe la famille de chats avec tendresse...
Lui aussi est rassuré !

Aujourd'hui, Martine écrit dans son journal :

« *Les petits de Minouche ont déjà bien grandi.*
Jean et moi, on va tenter de les apprivoiser. »

Mais quand les enfants apportent du lait aux chatons, ceux-ci détalent à toutes pattes ! Ils ne se laissent pas caresser non plus...

– Ils sont encore trop sauvages, comprend Martine.

Mais pas question de baisser
les bras ! Martine essaye d'attirer
le plus gros des chatons avec
une plume.
– Approche-toi, Filou… souffle-t-elle.
Tu n'as rien à craindre.
Pourtant, l'animal reste
sur ses gardes.
– J'ai une idée ! dit Martine. Je vais
faire semblant de dormir…
Et ça marche !
Dès qu'elle s'allonge,
le chaton, curieux, s'avance
d'un pas discret.

Martine fait un geste pour le prendre dans ses bras. Mais alors…

« Miaouuuu… » Filou détale !

– Reviens ! s'écrie la fillette en s'élançant à son tour.

– Attention, il file vers la rivière ! renchérit Jean. Si on ne l'arrête pas, il risque de se noyer !

Ouf ! Filou n'a pas sauté dans l'eau. Mais voilà qu'il grimpe en haut d'un arbre. Soudain, il se fige...

– Il n'ose plus bouger ! Il a trop peur, réalise Martine. Il faut l'aider...

Jean file au cabanon et revient avec une échelle. Il l'escalade jusqu'au dernier barreau.

– Je ne peux pas l'atteindre... constate-t-il, désolé.

«Miaou… Miaou…», miaule Filou, tout tremblant.

–Laisse-moi essayer ! lance Martine à son frère.

Mais l'échelle est toujours trop courte. La fillette a beau tendre le bras, impossible d'attraper le chaton.

«Il faut que je grimpe plus haut… pense-t-elle. C'est la seule solution !»

Martine s'agrippe
à une branche…
et se hisse jusqu'au félin !
– Tu veux bien venir dans
mes bras ? lui demande-t-elle
avec un sourire.
Filou hésite… puis se laisse cueillir.
« Miaou ! », miaule-t-il,
comme pour dire :
« Merci de m'avoir secouru ! »

À la fin de l'été, Martine raconte dans son journal :

« *Depuis que nous avons rendu Filou à sa mère, il grandit à vue d'œil, comme ses frères. Ils n'ont plus peur de nous* ! »

Mais ce matin, au lieu de jouer avec ses petits, Minouche se met en colère. On dirait même qu'elle les rejette ! La pauvre n'a en fait plus de lait à leur donner ; elle veut qu'ils apprennent à se débrouiller seuls, comme des grands.

Les chatons, eux, ne comprennent pas ce qui se passe ; ils sont tout tristes.

Et puis un beau jour...

–Filou et ses frères ont disparu, s'alarme Martine. Ils ont dû s'enfuir ! Vite, Jean, il faut les retrouver !

Sauf que le vélo de la fillette a un pneu crevé.

–Prenons le mien ! décide son frère. En serrant bien les boulons, il sera assez solide pour nous deux.

Le frère et la sœur parcourent la campagne. Ils traversent les prés et longent la rivière. Mais aucun signe des chatons.

– Là-bas ! s'écrie Martine. J'aperçois quelque chose qui bouge dans l'herbe !

– Ce n'est qu'un lièvre… soupire Jean. Continuons à chercher !

Du haut de son tracteur,
monsieur Martin appelle les enfants :
– Bonjour, ils sont à vous,
ces chatons qui se promènent
dans les maïs ?
Martine et Jean sont fous de joie.
Les petits de Minouche sont sains
et saufs !

En rentrant à la maison, Martine écrit dans son journal :

« Tout est bien qui finit bien. Le fermier a accepté d'accueillir les chatons à la ferme. Ils auront ici de quoi manger, de la paille chaude pour dormir... et un tas de souris à attraper ! »

Retrouve martine dans d'autres aventures !

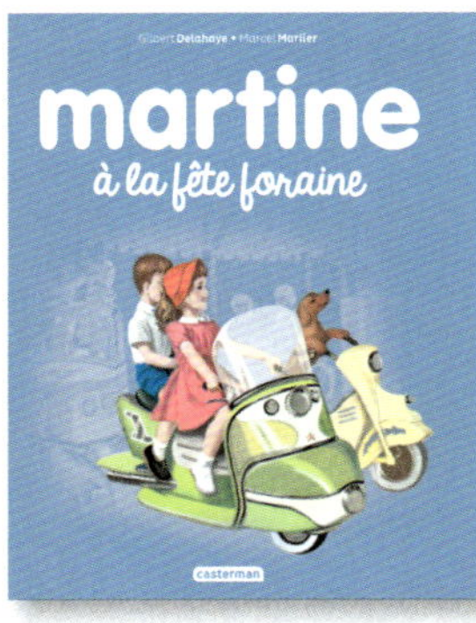

Gilbert Delahaye • Marcel Marlier
martine
au parc
casterman

Gilbert Delahaye • Marcel Marlier
martine
garde son petit frère
casterman

Gilbert Delahaye • Marcel Marlier
martine
fête son anniversaire
casterman

Gilbert Delahaye • Marcel Marlier
martine
jardine
casterman

Gilbert Delahaye • Marcel Marlier
martine
fait du vélo
casterman

Gilbert Delahaye • Marcel Marlier
martine
petit rat de l'opéra
casterman
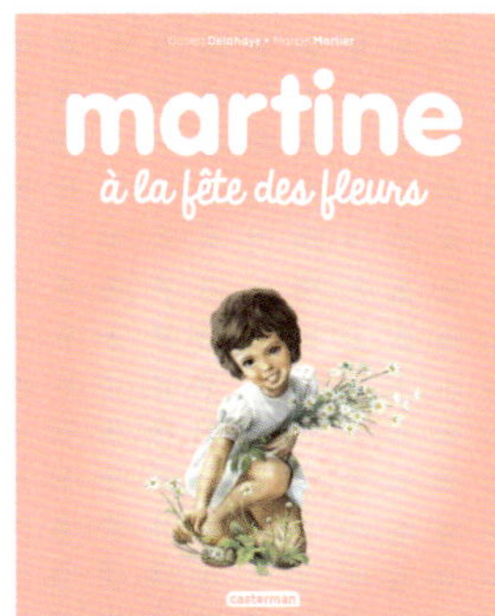
Gilbert Delahaye • Marcel Marlier
martine
à la fête des fleurs
casterman

Gilbert Delahaye • Marcel Marlier
martine
fait la cuisine
casterman

Gilbert Delahaye • Marcel Marlier
martine
apprend à nager
casterman

Gilbert Delahaye • Marcel Marlier
martine
est malade
casterman

Gilbert Delahaye • Marcel Marlier
martine
en vacances
casterman

Gilbert Delahaye • Marcel Marlier
martine
prend le train
casterman

Gilbert Delahaye • Marcel Marlier
martine
fait de la voile
casterman

Gilbert Delahaye • Marcel Marlier
martine
et le petit moineau
casterman

Gilbert Delahaye • Marcel Marlier
martine
et le petit âne
casterman

Gilbert Delahaye • Marcel Marlier
martine
fête maman
casterman

martine
en montgolfière

martine
à l'école

martine
découvre la musique

martine
a perdu son chien

Gilbert Delahaye • Marcel Marlier
martine
dans la forêt
casterman

Gilbert Delahaye • Marcel Marlier
martine
et le cadeau d'anniversaire
casterman

Gilbert Delahaye • Marcel Marlier
martine
et la sorcière
casterman

martine
un mercredi pas comme les autres

Gilbert Delahaye • Marcel Marlier
martine
la nuit de Noël
casterman

Gilbert Delahaye • Marcel Marlier
martine
déménage
casterman

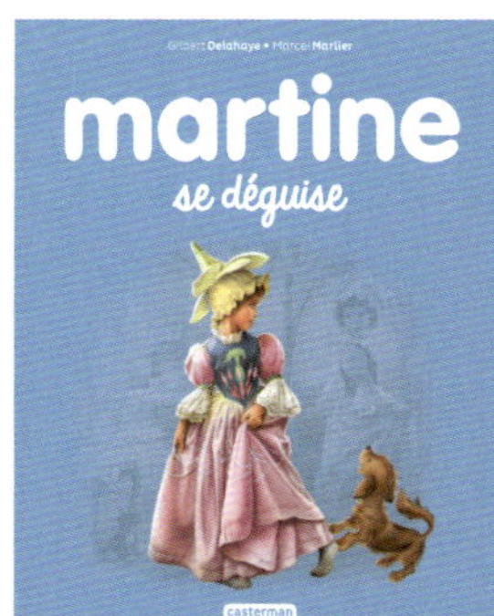
Gilbert Delahaye • Marcel Marlier
martine
se déguise
casterman

martine
et les chatons

Gilbert Delahaye • Marcel Marlier
martine
et les lapins du jardin
casterman

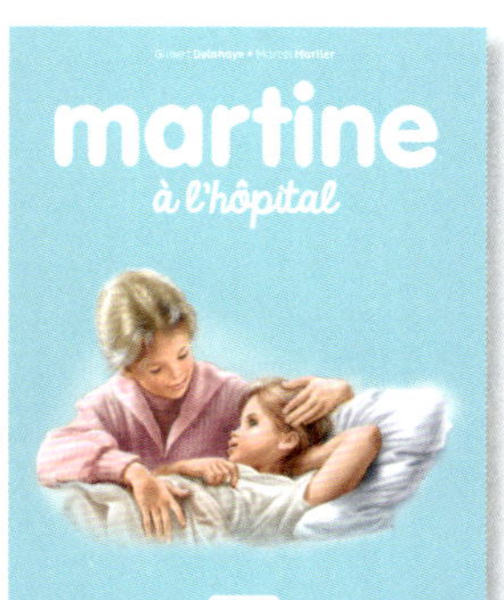
Gilbert Delahaye • Marcel Marlier
martine
à l'hôpital
casterman

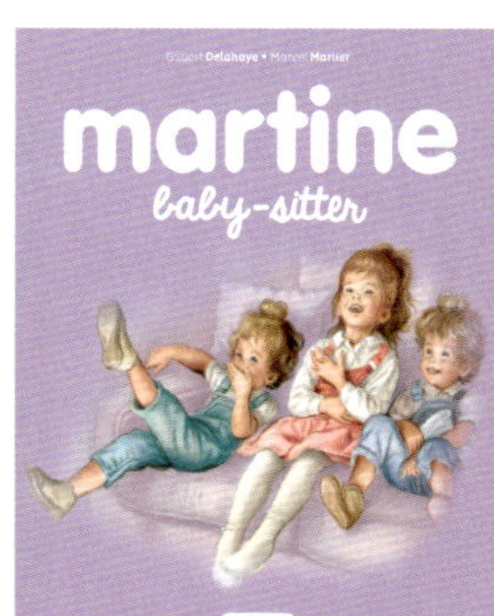
Gilbert Delahaye • Marcel Marlier
martine
baby-sitter
casterman

martine
en classe de découverte

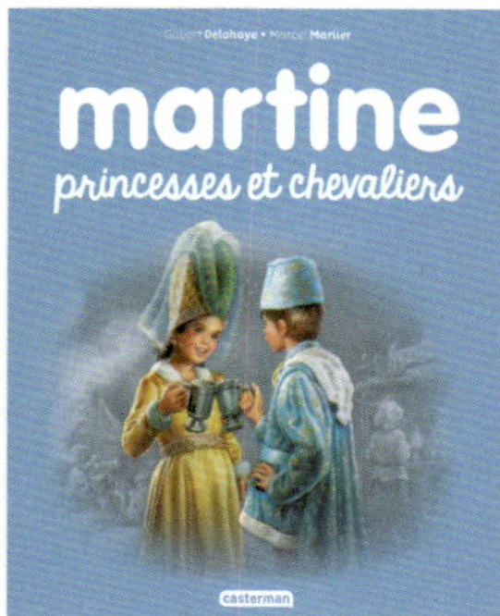

Casterman
Cantersteen 47, boîte 4
1000 Bruxelles
Belgique

www.casterman.com

ISBN : 978-2-203-12560-5
N° d'édition : L.10EJCN000589.A003

D'après les albums de Gilbert Delahaye et Marcel Marlier.
Achevé d'imprimer en juin 2019, en Roumanie,
par G. CANALE & C.S.A., Sos. Cernica 47,
077145 Pantelimon Jud Ilfov, Bucarest.
Dépôt légal : octobre 2017 ; D.2017/0053/196
Déposé au ministère de la Justice, Paris (loi n°49.956
du 16 juillet 1949 sur les publications destinées à la jeunesse).